ちから詰まる日

岩崎風子
Fuko Iwasaki

思潮社

ちから詰まる日　岩﨑風子

思潮社

目次

翔天トライ　6
青鮫　8
船乗りへ　12
しぐれ虹　16
花に雷光　20
小舟と月　24
林檎　イエイツに寄せて　30
六月の礼讃　34
ちから詰まる日　38
霧の朝　砂丘より　42
もんしろ蝶　46

はなれ屝　50
トンネル　54
トサカ　58
ピアス　62
田おこし　66
雪の果樹園　70
寒夜開く　74
消息　78
ピーストライアル　82
夜をまつ夜　88
潮騒　92

装画＝著者　デザイン協力＝佐野裕哉

ちから詰まる日　岩﨑風子

翔天トライ

双つの手を
すっかり刻にゆだねる少年は
歩みなどかぞえない
溜めていた血潮が噴き出して
ひといきに軌道は宙《そら》

浮力は彼を弾ねかえす
驚異仰天していく観衆の目のさま
墜ちてくる喝采
みずからの渇きと
いっせいに身体をめぐる血で
少年は
全重量を消す

青鮫

つらなる家々の庇をくぐって
きょうも浜へ
暮れていく岬
汀は弧をえがき岩礁につらなる
汐は沖で呼んでいる
暮れていく空へ
巣をめざしては翔んで輪をかく鳶

少年のうねっている汐ざい
のどもとに日々膨れて詰まる胸のうちを

声に出せないことは　知っていた
日ごと追いかけてくるもう一人の声
――この島のそとへ……

人はいつか投げ出される
人波の海へと投げ出される
割れてちらばる玻璃に似た波がしら
口に出せない思いが伏流となって湧く

あのつらなった庇のように
どこまでも入りくんだ暮らし
ひとつひとつ灯っていく電灯のなかに
ゆれて漂っている一つ一つの暮らしの巣が
すべて

夜のなかに吸いこまれていく
——闇のなかにすっぽり隠れた海原
島の外に世界はある

ふたたび少年は目をとじる
四肢のあいだであわ立つ細胞
尽きることのないこの先の希み

ひき締まった胴体
しなやかな首すじ
小さな頃から海水をかき続けてきた強靭な腕のつけ根
思いが焦れるほどこらえきれず
叫びは沖へおらぶ

踝をつき刺す冬の水
膝もとまで濡れようが
つき上がるまっ黒な汐に押されて
ずんずん足は早まり

青鮫は噴きこぼれる

船乗りへ

あけはなした船室のドアから
夜明けはすぐになだれ来て
若い船乗りのしなやかな膝を包みこむ
太陽と潮がしみこんだ硬い腕と赤銅いろの背は
戦い終えて放心した野獣のにおい

ゆうべ恋人が去った
彼のねむる地平にはまだすもも香り
すぎていくのは波の音　変わらぬ海の鳴り
砂の上に落ちる影が

あまい出会いのときより深く
まだ青い肉体の断章を描き分けている

彼には何もきこえない
冬の海の忍耐も
くろ雲の岐れに視た難破船さえも
目醒めるまではただ淡く
つかみきれない心海の錘にすっぽりと両手をゆだねるばかり

終わった恋が少しずつ　漂うようにとおざかる
ほしいままの遊泳だったとしても
船乗りよ　ふり向くな
どこぞの港に女はいても
一寸先の闇に黒ぐろとさか波は起きる
水平線のどこまでも

この世は巡礼のつづき
どんな潮流に乗ったとしても
丘にあがれば足のない靴
髭をおとし航《わた》る支度を備え　女のいない海里を
不敵に浪々と
囚われながら脈うっていけ

しぐれ虹

岬にちかい斜面で
村人はしきりに麦を刈っていた
糧となるもの
その希いにおいて行き交う
すこやかな鎌の音や風のことば

外海《そとうみ》を過ぎていく船もなし
やがて雲は　空と重なる

わたり鳥たちはしきりに時を啄む

わけあう命とか憩いのもとに
目をとじて　わたしもやすむ

わたしも　ひとときのかげろう
ひろびろと交響する麦のいちれつに混ざる

――何か
ほんとうに小さな衝撃の音
いっせいに時は　鳥と飛びさる
風景はひとかたに遠退いて
しいんと　耳に残る羽風ばかり

目をあけて
まえ髪をはらうと
はるか平底船の上に

霧に抱きこまれてかかる
秋懐なしぐれ虹
船は水脈を曳きながら
とうとう一つの点になっていく

わたしは——
もう一度わらって
君に　あいたかった

花に雷光

嵐には
稲妻も濡れる
さらに烈しく怒りはドアにあたり
ドアの中に消え
出ていった人
射られた頭上にははなびらが絶えまなく
吹雪いては
うらわかく
いつわりになじんだ日々にふりかかる

時として奔りくる心ぼそさに
ぎんぎんと鳴りわたる鉦にだって
つられてステップ踏むものなんだ
それが何かを知りもしないのに
大声にたやすく
耳をかたむけて
つられて語ってしまうものなんだ

〈のぞみには　いつもかすかな血がまじる〉
かないもしないかずかずを広げてみても
空はすかすか
こころだってすかすか
泪が　まつ毛に突きささる

どんな背骨が欠けていたのか

散りゆく花のもと
まぶたを閉じて
沈黙で話したいと願ってみる
擦りきれたりしないで
蓮の葉にぽとんと落ちる露のように
心底にひびく声をもって
蓮の葉に落ちる水の玉
……水の玉
それはコロコロうつろう

それってほんとう――
もう騙されない
開けない窓から
羽の綺麗な小鳥が逃げたわ
酔わないうちに聞くけど

抱きよせながら小節のおわりだけを歌うのは
ふぶく花をかりそめに
くどきおとす歌なのね
けれどドアを開けるたびに忘れてしまう
火がつきかけた燠火も
今はもう濃い緑の葉ばかりで
花にはもう吸いあげる涙も
血もぬぐえないこと
二度と
おなじ花ふぶきが降りかかることはないこと
今さら真顔で訊きかえしたりしないで

小舟と月

月夜に小舟を曳きだして
きらきらこがねの波のなか
月を両手に掬おうと
小舟はいつも揺れながら
とおい月をみていた

なぜ　あなたは知らぬまに
みちたり　欠けたりするのでしょう
行方しれずと思ったら

手まねきをする　そんな近くで

からだぜんぶでしがみついても
ふたしかで　はかない　愛しいまぼろし
光のさしこまぬ夜ほど
かかえた身は　しみじみ凍りつく

掬ったはずの手のなかの月は
たしかに月にみえたのに
もう　欠けはじめていて
あわてた小舟は
ひといきにそれを飲んでしまったのだけど
それはすでに月ではなく
ただのにがい水の味

いくど月の許へ通おうとしたのだろう
小舟はいつも天拝み
月の陰を消さぬよう
月の耀よい降るように
寄りそっては漂えず
ただおもかげが消えぬよう
消えぬようにと抱いたまま日をつないだ

月よ
揺れる小舟の両腕のなかで眠りなさい
水の奥そこにふれるまで潜り
じりじり焦がす唇に駆けこみ
凍てついたこだまを焔《も》やし
この胸に打ちつけて
月よ

遠く広がる砂漠にひと夜ずつ
舟をこぎ出し熱いむらぎもを
冷たくしなやかな絖につつんで
忘れぬように手わたしましょう

あさ露はとうにしっている
もとめても運べぬ哀憐の数かず
月が水に落ち入れば
青い螢がいくつも水草にちらばって
ひととき小舟に
とどまるだけのこと

あさ露はとうにしっている
水に姿をうつそうと
月がのぼっているのではないことを

夜風になびく水面が
手まねきしているだけのこと

林檎

イエイツに寄せて

ゆったりと河は
春の暦を編む

編まれる暦は
さまざまに寄りあつまる流れの膨大な交響詩となって
人の生と
その終末の結びめをそれぞれが縺れないように編んでいる

杳として過ぎゆくあらゆるこの世の膨張には
記憶にいつもかすかな血が混じる
心のそこにひびく小節のおわりとするために

瞳のなかに滲むはなびらや
岸に立ちもどる波は
季節ごとくりかえす風景を
今生ととどめおくのだろう

眼をとじて
渇くほどに熟れていった女を憶う
青い稲妻の襟を巻きつけ春秋をかきわけ
いつも何かに追いつかんと
目のなかは睒睒きらめいていた
青い実は時期《とき》より速く秋の戸口を叩き
ひときわ大きくふくらんで

　月に銀の林檎*
　陽に金の林檎をと

無常のながれのなかに
一切の成就をかけて稔らせようとしていた

どうしても止められない時と
向きあわなければ
向こうには
行けなかったのだね

花衣浮いてながれて
やがてそぞろにかたちをなし
ながい筏になって暗渠をくぐる

「わたしの終わるとき　一瞬の生は
ようやくわたしに追いつく」とうつむいた女

わすれまいこれからも　青いままの果実が孕むもの
とどめ得ない心のかたち
目のまえの散りゆくはなびらや
一時を
やすらうように追い越していく風の影のみが
つぎの暦をめくり
林檎は
期を待たずまぶしく熟れていく

＊月に銀の林檎　イエイツの詩
陽に金の林檎　さすらいのインガスの歌より

六月の礼讃

すくっと首を立て
水面をすべりわたるもの
ま昼の水べ
とぐろを解いて水をわけ
つぎつぎと後ろに幾何的なさざ波をたてて
蛇は　池の鏡面をしたがえる

水べに建つ
謎のごとき古い教会の窓は大きく開かれていて
日向にリラの花房は充ちている

太陽はゆりかご　その光りが細かに散りこんで
四方に降りそそぐ

安息のひざしを肩さきにうけて
古びたベンチで語らう　年老いた二人のシスター
その二人の間をサァーッと風のあゆみが翔《か》けて
同時に二人のベールをふわりとなびかせた
語らい寄りそっている時間は
シスターたちの衣であり
ひいては皮膚そのものになるのだろう
リラの梢のうしろかげに　笑みもさわさわ転がっていき
やすらぎも
二人を結びつけている広い愛も
礼儀ただしい殉教のまま　初夏の幸福となって溶けていく

めぐる御空《みそら》
岸へ
岸へとめざすさざ波のストロークこそ
彼の享けた生
光環のようにかがやくすべらかな全身の鱗に
大地の冬を忍んだ忍耐を携え
空の寛大さのなかで
自然界の永遠をかきわけてきた栄光は刻まれる
シスターの衣が

僕《しもべ》としての誓いのように
ふかふかと湿った岸にたどり着いた彼も
ひたすら顰みに倣い
神の従者として
水辺をとりまく生物と生地をわかち

ひそやかな領域の
充分に湿った六月の茂みに足あとをしるす

ちから詰まる日

積乱雲が首をかたむけている
さっき　沢で掬って飲んだ水は
すっかり汗になってしまった
ようやくたどりついた頂上で
天と
わたしとの近さを感じている
その近さが
なぜだか　とても懐かしい恩寵に支えられていると思う
そうするうちにふっと
――昔読んだ〈かなしみよ　こんにちは〉とか

たった一語から〈音叉のように響きあう親愛につながるもの〉
なんてことが枝葉をわたっては浮かんで消える

そうやってずっと膝をかかえていたら
いきなり背後から勁い風が頬をはしる
すると
歩いてきた道のずっと下の方
丈なす萱の群れが方向を同じにして波を立て
大きな獣の背のように
たてがみをふるわせて
靡きうねっている

刎ねあげられる青草のにおい
青草の胸のさわぎ
じっと

何かが
何も言わず
わたしの横に坐っている
何ごとか
囁いている
ひくい声でわらっている
わたしの懐の奥ふかくうねりはじめて

たちまち青あおと茂っていくちっぽけないとおしい原像

夏草に迷いこんだ
一頭の獣
やさしいことばを打つ雨の日々も
ふすぶって燃え殻になった日も
声涸れてひどく痩せていった獣

うねりは徐々に根をひろげ
わたしの白いシャツは風をはらみ旗めく
その額に注がれる
ちから詰まる気魄よ

空の陥穽
姿の見えぬ百鬼にむかって　何かを押し出すように
尾の尖を立て吠えていた
身を投じてつかもうと
生きていく力をつかもうと
遠い天に
覆いつくす天に

霧の朝　砂丘より

この海のむこうに何があるかと
海のこちらからみつめていた日々
砂と露に濡れて
転がり落ちたわかい日
芽ぶいてくる思いを
陽にしなう菜のように　束ねて
夜は明けた

ふくらむことばが満ちていくなかで
果実は熟れて　風をうけ舟は滑っていく

時がながれ
帆は終日　何かを注ぎこまれ
ついに　ひとつの名前を見つける

岬

わたしの前に波立ち広がる岬
爆ぜる光　さぐるような銀の水
まぶしさにその名前を呼ぶと
舟は絶えず漂い
雲翳は雫をしたたらせる

霧の朝
砕かれる波の起伏のなかで
なつかしい名を取りもどそうと

忘れっぽい風が　岬をまわる
大きな羽を持つ鳥よりも音をたてて
何もかも丸はだかにして
わたしを目覚めさす

もんしろ蝶

きみが
つぎの朝を
むかえるには
緊張する臨床から
そーっと
そーっと
傷をつけずリアリティのみつまみあげねばならない

すっかりよじれてしまったきみの肉体に住みついた混沌
もやもやともやいでいる

増殖のなかにこそ
見出す起源
「あっ」
とか
「うっ」
は、
許されない
見よ
まことにそれは
——晴天を折りたたんだか
もんしろ蝶　籠りてずっと
誰かのこころにふれもせず
悔いすらも知られず
囚われのトンネルからひらり
五線譜にとまって羽を広げるかろやかさ

しかしきみがさしのべる手は
ほんにつかのま
キャベツ畑での
暗号のみ
羽化までの
みじかい沈黙と語りあう
ちから技のような
振幅をキャッチすること
回想の森にまよっても
全身で堪えつつ共振する一瞬は有る

そう　だから
きみは今
じっとわたしを見てたね

そんなきみの一手に
「えっ」ってふたたび脈動をさぐり
そっとまた後ろからあたらしい
憶い出を包みつつ頑ななよこ顔に
ともし灯を添える

はなれ凧

ここでありながら
ここでなし
ここではないが
ここがはじまり

糸とのつながりのはじまりは
凧という呼び名
その名まえのなかで漂う
超えるべき境界は

この先の空白をのこし
人の手がはなれたとき
意をとげて
眼差しのなかで飛び越えた
もう会うことはないだろう

ただ
大気の芯のなかに
あたらしい気流をみつけて
魂の迷路にまかせる
空のくらげ
猛禽は頭上
ギンと突かれる
大きな呼吸を引きよせるとき
無数の微塵とはこばれて

綿毛であり
羽虫であり
流れていくままに
夜も明けた

東へと綺麗な港をすぎる
目をつむれない魚の群れ
海そこに
五色の柘榴の街
ゆっくりとくだちゆく
日没のしらべ
おもいでにささげるものは
幻燈
つかのまの光にまぎれてゆく
人の手が

とうてい届かぬもの
時の流れと水
老いていく日々と落日のように

人の手はなれて
しかし
いつ
自身に出会ったのか
一閃の雷光で
もつれた枝に落ちるとき
爪ではないとためらわず
咄嗟に声が洩れるのは　はなはだ奇《あや》しく
自身ではなく
……爪なのか

トンネル

暮れがたのごちゃごちゃした街角に立っていると
だれかれの瞳をおもいだす
——呪文の戸口に足をかける
ちょいと聴いたこともあるような歌のはしを鼻にのせ
今は閉じられたトンネルの道草がよい
誰か声をかけてくれないか
しかし　あたりには誰もいない
夕陽だけが追ってくる

＊

かくしもっていた活力で
いつも全力でわれらを勇気づけた
どうしている盈ちあふれる智の泉
亭々とした大木のEよ

負けつづきの北風に建つ灯台
その灯りのもとで語りたく
だれもが一度は親しんだ
いつも前髪が立っていたナF
いまも誰かと口論しているか

生ぐさい春という煩悶は
かえりどころをさがす野焼き跡だと言っていた

Gといえばそうサ
まっ先に横槍半じょうの生意気な奴
野焼きは消えずふすぶって

わたしの胸郭に
ぎっしりと詰まっていたたぎる息吹と酒の日々
ともに澄んだまなざしで
情熱と幻想におぼれていた
どんな境界すらも踏みこえようと
涯しない礎《いしだん》をのぼっていった

*

やけに羊歯ばかり生えて

車も人も絶えた黴くさい
トンネルを歩くたびちかごろは
おぼえていた単語をわすれてしまうのだ
ぽろりと　つい落としてしまうのだ
大きな木もいつしか根こそぎ台風でやられ
灯台は役目を交代したらしく
そろそろ出口も近いトンネルのその先は
またぼんやりと
黄昏のような
春らしい
海に近いせいか
警笛と救急車のサイレンは筒ぬけによく響く

トサカ

予期せぬことは
何かが不意にはじまるが
はじめは見えぬその何か

絵師若冲は
われらを活きて動くかのように画いてくれたのだ
とりわけ冠のトサカときたら
陽を浴びて朱血を注がれるような思いがしたさ
夜明けがくるたび
まっ先に刻も告げた

それは誇らしい一日のはじまりだったナ

近年いつごろからか金網ケースにズラリ並べられ
身うごきできなくなった
羽はあるけど飛んでもいけず
玉子が獲れなくなるとツブされた
けれどそれはわれらの宿命

もうもうと炭火の上で炙られ匂いをあおり
鉄鍋の湯気のなかで踊ったり
騰《の》ぼる油でカラリとあがったり
われらはそうして十分によろこばれ次々に口中に運ばれた
われらを祝福し存分に味わえよ
いのちを教えながら
その死を讃える油まみれの

つねの口もと

ある日
鶏舎でぐったり息たえていた数羽の仲間
ニュースは秒速で広まり
全身白衣の人物がやってきて　ガス攻め
ごっそりわれらは袋に詰められ
クレーンで土中に埋没
待ってくれ！　トサカにきたぜ

われら大半はイケてるじゃないか
速やかに終了する見通しとは
見えるようになった見えざるものを
根こそぎにすることもた易いということか

われら煙にもならず
足あとも適わず　こころあたりと言えば
見えざるものをどんどん広げていたらしい
わたり鳥の群れが昼ひなかばさばさと
すっ飛んでいった
羽音のこしては彼方千里へ鳥《チョー》ボヘミアン
たつ鳥あとは濁り
迫る背後に累々かさなる
色あせたわれらの鶏冠

ピアス

また一本の火箭が射られた
青いあおい空に
その声は
ながく尾を曳き牛舎におちていった
形を変える一つの生のこと
未然なできごとのように
手際よく切りはなして　烓《い》く

人工授精でうまれて二年と四ヶ月
われら両の耳に黄色いピアス

牛かいの手さばきはなめらかに
今朝はていねいにブラシをかけられた
前足はまっすぐ立って
目はじっと正面
首を右に振り
左を向こうとして震えるようにひと声啼いた
おもわず啼いた――

どこか　さまようような声だったかもしれない
あたりの空すらも
吸いあげてしまうような
だけど
啼いたのはそれきり
それから促されて板張りのトラックに乗せられた

われらがのし歩くだけで
神さまのように扱われる国もあるそうな
あたらしい領土へはおよばぬとしても
何やらやたらさびしくて
重い袋はどこへはこぼう

わかっているよ
われらつながれた極《はて》の
手渡される引き際の
はりさけるような沈黙にある
ゆるがぬ冬の彗星
われらのピアスは
硬い引金をつき抜けて
捕われのない川に送り返される
なんでもない日々として

なんでもなく
人々の食卓の川に

田おこし

根びらき
幹のまわりから円く雪はとけはじめ
根雪にうもれたわかい枝は
陽にさそわれて　ぱしっと雪を撥ねあげる
山全体もずいぶん黒地が見えてきた
水は　苔むす岩床からしたたり落ち
せせらぎは群れをなす
風が
光りをはこび
光りは風景全体に散りこむ

甌穴《おうけつ》の水もぬるんできた
苗代にもうじき種籾がまかれる

そろそろだナ
水の張りどき
耕運されていた土が
みるまに　いのちと湿っていく
谷いっぱいに満ちてゆく
ことしの拵えのはじまり

近在の集落には
老いた者と人の絶えた家が増え
三年かまわずにいれば手もつけられず
かつては田であった田とは言えぬ荒れ地

それで
もう田は止めるのか
と思っていたが
余分なものをふり払い
移住してきた若い夫婦の
錆をおとした赤いトラクター
田とのあいだに何かごつい電流がながれて
太陽すらつきそっている
はじまりはいつでもどんな覚悟もできている
わるい気候や
病害の屈折
それでもまだ人が
毎年こうして離れずに

田に水を張ってくれるときは

いつも
収穫あとの切株の列を
思いえがいてしまうのだ
刈られた後の青い切株のあいだを
たくさんのわたり鳥たちが
落ちた穂粒をきそってついばむ
にぎやかな鳴きごえ
そのこえを
天から雪が落ちてくる頃まで
聴いていたいと思うのだ

雪の果樹園

雪花となり　しずかな雪だ
ましろい空気の層あつく
果樹園にきょうも　雪がふる

ときたま北に向かう
わたり鳥が羽をやすめて翔びたち
足を停めた野うさぎが
コツンと幹を蹴る

ふかい地層にとどくのは

寒夜にひっそり発つだけの
しんとだまってひき享ける
そんな音

去年のうちに剪定の終わった梨の木の芽は
しのびねこらえて息をつめ
廻りゆくきざしを聴きつつも
がっちり目をつむっている

年月の分厚さを背おって
万物は整然と折りたたまれているが
くりかえす夜に沈むさなかでも
たえまなくざわめき流れる
沢をくぐる水のように
日ごとに磨かれうごいているものがある

より硬く
よりあざやかに
それは　ひとつの諧調へと沿うて
つぎの季節を見のがすまいとするものの気配
いそいそと寒冬のさかいめに立っては
梢の雪をさかんに払いおとしている
つの張った
北風のしわざ

寒夜開く

日本海を吹きわたる風が
中国山地にのめり込んで
にぶい灰色が風景を覆いつくし
くろぐろと雲を起こす
いきなりそれは
雪をふくんだ玄雲となり
やがて一面に雪の幕をつくる

風が音をたて疾る
山は白く裏がえる

みるまに山の峰をかくし
樹幹がきしみはじめ　幹の皮に亀裂をつくる
灌木の森もざわめき音をたて
ひゅーうると鳴りだす

家畜たちは
背をわたる寒さにおびえ
いっそうふかく押しだまり
じっと　しろい息だけになる

息をひそめる夜のなかで
みじかい物語を母はきかせる
沈黙はすこしずつ熱をふくみ
輪をひろげ
屋根のうえにバイオリンをかなでる

――それから　もっと　もっと遠くに行くの……

夢をわたっている子らのひとみは広い布につつまれ
たちまち翅をひろげて閨《ねや》のそと
にわとりや牛たちの肩に息をふきかける

ほんのりと明けやらぬ光りさすころ
ものたりない眠りを突かれて　にわとりは発声
うるんだ大きな目の牛ももっそりと首をおこす
子らのひとみはゆうべの夢にかこまれて
まだ　かたいかたいつぼみ

だが
銀白の平野にはもうすでに
秘密の法則にしたがって

点
点と
いくつかの足あと

消息

きのうからの雪は
ようやく小やみになり
碇泊している漁船の青い燈《ひ》が
ぼんやりとうつる

きょうも　あがらないのだね
もう　ニュースにもならなくなった
難破した船の
乗組員の行方を口に出しては
みなおし黙る

岩礁に揉みあう
しぶき上げる浪と風の渦に
泣くがまま雪がおちては消えて
たえまなくおちては消えて
消息はひたすら深海に刻まれる

わたしたちは
溶けては両手にのこる雪のそのつめたさを背負い
忽然と了《しま》われた生涯の
生きた日々のかぎりを
雪を割ってほんの一瞬だけ顔を出してきた　ひざしに
〈戻ってこい　はやく〉と誰もが
しわがれた涙ごえで
空のふちあたりに呼びかけるのだが

空のふちはすでに
ぴたりと水平線とかさなり
じっと目をこらしているわたしたちすら
いつの間にか
波浪にいざよう記憶とともに
占領され乗りあげたあとかたの
亡者たちのように剝ぎとられて
立ちつくす影になる
立ちつくす人影

残されたわたしたちの影は
どうすれば戻らぬ者たちに届くのか
出港した朝の
髭剃り用のブラシには
石鹸の泡がついたまま乾いている

くりかえす海のしらべ
波浪は玉石にくだけ砂を噛む
海鳥も
海の果ては
知らず

ピーストライアル

きょう一日が沈むとき
わたしたちに知らされるのは
世界中の或る数字
罹患者数に死者の数
それを知ったわたしたちは
胸ふかくくさびを打たれ
人生が急にずっと遠くの方にみえてくる
小鳥のようにちいさな息づきで
たえずどこかへ崩れていく
かすかなかすかな砂の音にさえおののくばかり

せめて
神の不在ちかくにとどまらんと
一心に祈ってはみるが
わたしたちの知覚にことがらの真相はおぼつかず
苦難だらけのわたしたちの頭上に
樹齢三百年のはなびらがはらはら散りかかる
——そうです　いつもの歳のように
あなたのうえに
わたしのうえに

さんざんあばれまわった長梅雨があけるや
ジッジッジッジ・ジィーンジ……
蟬は遠慮がちに鳴きはじめ異常な炎暑に
わたしたちは焼かれる
倒れては救急にはこばれたりするが

病院のベッドは容量を超えて膨れあがり
あなたのうえ
わたしのうえも
病名すら何からの熱なのか

祓いきよめねば
実相のつかぬ不穏なもの
僧侶はお札を拝し
家門入口に貼るように徳目の
悪霊退散　家内安全　生存評定
わたしたちの口から
つぎつぎに乾燥していく生々しい言葉の表皮
乾燥しながらまとわりついてさらに
深層に齧みつつ口ごもる失望にうなだれて
唇を嚙む

新型だって
もうじきそれ
もうすぐできる活力薬
どの国も
あかい目をして決定的なものになるように
最後のピースを握る
わたしたちの沸騰レースは
永恒の末までも
セリ上がりまた沈む空中楼閣に似ているが

それが収まるや再《ま》た
わたしたちを脅かす次の壁があらわれて
誰もが有無を言わず
長い旅も一瞬の夢

落葉樹が自ら　水を送るのを止めるように
枯れ葉になって
誰にも知られず
ひっそり落ちてしまうのだろう
それは　次の命への
古朴な息づかいのために

夜をまつ夜

日が沈むよ
ゴボ…
ゴボッ…
泡が
深い息をしている

あかく黒く
港湾に燃えさかる無数の列柱
製鋼や化学の円筒高炉の群れ
灰黒のガスと煙が

闇空を塗り広げる
その下につらなる倉庫を
とりまくオレンジ灯の光斑が
蜃気楼のように水上にゆらめく

この国をささえてきた繁栄のミラージュ

昼にはまぶしい照り返しをあびて
わたしたちは黒煙に眉をひそめ
またかがみ込み
淀みきった水を測り
そして周到にこわばる言葉を用意した

生物の生態
よごれた空の回復

今生の海のとぎれかも知れぬ
くろい泡を
日々吐き出しても
濁々として錆びついたはずの水が　まるで語りかけるように
なおきらきらときらめく
水のまぶしさ

夜はじっと待っていた
くらい水の上に
苛烈な鉱炉から精錬された
生命を持ったスラグから
ある秩序に沿って
鋼のように屈強なワードが練られて溶かされる
日を追うごと嵩を増すわたしたちの問いに
わたしたちの誰にも

たぐり寄せれば読みとれる羅針
地上の銀河地図
火炎をしなやかに吸収して溶けあい
一語一語つまずいては
わたしたちの舌が　ことばを獲得したように
無限に届こうとする記憶のワードを産もうとする
今までの長い通夜をしめくくり
芽ぶくふたばのような無垢な夜が
臨海の口から……もうじき

潮騒

白南風《しらはえ》をおしのけて
まっすぐ北へ
まっさおな空を切る
ジェット雲のしろい軌跡
ひとつぶの砂から
こっそり　時を盗む
あどけない　潮騒
はじめて知る
序《はじめ》という意味を
だまって告げたい人がいる

岩崎風子（いわさき・ふうこ）

『風が吹く』今井書店、一九七八年
『つち音のなかで』今井書店、一九八七年
『砂の港』書肆山田、一九九三年
『弓弦の森』思潮社、一九九七年
『イボン』思潮社、二〇〇三年
『玻璃となって』書肆山田、二〇一一年

ちから詰《つ》まる日《ひ》

著者　岩﨑風子《いわさきふうこ》

発行者　小田久郎

発行所　株式会社思潮社

一六二-〇八四二　東京都新宿区市谷砂土原町三-十五

電話　〇三-五八〇五-七五〇一（営業）

〇三-三二六七-八一四一（編集）

印刷・製本　創栄図書印刷株式会社

発行日　二〇二二年十二月一日